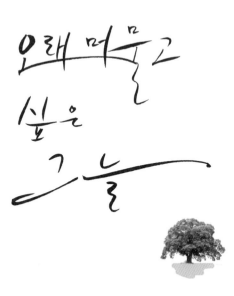

오래 머물고
싶은
그늘

홍준표 제4시집

오래 머물고 싶은 그늘

인쇄 | 2022년 7월 5일
발행 | 2022년 7월 10일

글쓴이 | 홍준표
펴낸이 | 장호병
펴낸곳 | 북랜드
　　　　06252 서울 강남구 강남대로 320, 황화빌딩 1108호
　　　　41965 대구시 중구 명륜로12길 64(남산동)
　　　　대표전화 (02)732-4574, (053)252-9114
　　　　팩시밀리 (02)734-4574, (053)252-9334
　　　　등록일 | 1999년 11월 11일
　　　　등록번호 | 제13-615호
　　　　홈페이지 | www.bookland.co.kr
　　　　이-메일 | bookland@hanmail.net

책임편집 | 김인옥
교　　열 | 배성숙 전은경

ISBN 979-11-92096-14-8 03810
ISBN 979-11-92096-89-6 05810 (E-book)

값 10,000원

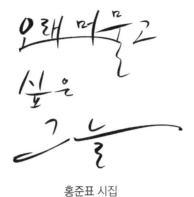

오래 머물고
싶은
그늘

홍준표 시집

북랜드

시인의 말

흐린 하늘에
웃음
남긴다

푸릇푸릇
대 잇는
몽고반점은
짙푸른 응축

건곤감리 여백이
거기 있어

자란 만큼
돌려주고 간다

– 시 「나팔꽃 허공」 전문

차례

• 시인의 말

1

머리 올리기 ··· 12

위로 ··· 13

겨울눈 ··· 14

봄, 관심 ··· 15

웃자란 봄 ··· 16

봄, 바이러스 ··· 17

진달래 배웅 ··· 18

연적 ··· 19

자목련 편지 ··· 20

안구건조증 ··· 21

별빛 자리 ··· 22

물거품꽃 ··· 23

유용한 그늘 ··· 24

풍경의 푸념 ··· 25

비경의 문 ··· 26

소확행 ··· 28

비풍회 일전 ··· 30

저녁의 매직이 궁금하다 ··· 32

즐거운 부활 ··· 34

2

허명 … 36

꿈보다 해몽 … 37

이발 … 38

수선 … 39

길 안의 만다라 … 40

풍번문답 … 41

지극한 경지 … 42

부처 되어주기 … 44

우화에 머물다 … 45

묵과 또는 과묵 … 46

그림자 얼굴 … 47

오메가 포인트 … 48

그림자 따돌리기 … 50

프란치스코의 스프 … 52

돈오돈수 … 53

우연의 뜨락 … 54

분홍의 꿈 … 55

마늘쫑 뽑기 … 56

3

3월 사문진 ··· 58

득음 ··· 59

광화문 ··· 60

루왁 ··· 61

가시꽃 ··· 62

신수를 엿보다 ··· 63

고택 음악회 ··· 64

의혹 ··· 65

발을 빼다 ··· 66

경계에서 ··· 68

아홉 고개 ··· 69

인수분해 ··· 70

반가 자세 ··· 71

삐걱거리는 음모 ··· 72

거기 누구 없소 ··· 74

추상하다 ··· 76

비몽 ··· 78

따뜻한 관망 ··· 79

트레킹 ··· 80

4

시집살이 ... 82

횡단보도 앞 ... 84

옴팡집 ... 86

수밀도 ... 87

맷돌시계 ... 88

정류장에서 ... 90

돌미나리 ... 91

만추 ... 92

이별 바라보기 ... 94

탈피를 위한 장치 ... 96

구조 분석 ... 98

등골 ... 100

지워진 이름들 ... 102

호르몬결핍증후군 1 ... 104

호르몬결핍증후군 2 ... 105

메멘토 모리 ... 106

이팝나무 길손 ... 107

안심에서 명곡까지 ... 108

행복 선언 ... 110

| 해설 | 시적 발견이 빚은 비경, 그 속살 엿보기 | 박종현 ... 111

1

머리 올리기

콩나물 대가리 훑으면서도
불바닥 눈 뜬 고등어를 뒤집으면서도
아내는 여유만만입니다

당황을 볼 줄 몰라 당황하고
비나 눈이 지나치다 싶으면 또 당황하고
센 바람이 불어도
나는 이내 당황합니다

얻기 위해 자른 것이 아닌데
모조리 자르고 모조리 얻은 것 같아
목 잘린 돌부처가 부럽습니다

머리 없는 그 모가지에 내 머리 얹어보았다가
고등어 대가리도 얹어보았다가
쨍그랑 소리에 덩달아 구멍 숭숭한 허파와
콩나물 외 그 밖의 대가리들도
수시로 얹어봅니다
절차탁마를 거친
시의 머리도 얹어볼까 합니다

위로

베어 먹다 둔 그대 마른 빵으로
가려운 등짝을 긁는다

당신은 이미 내게 돋은 발진

잎보다 먼저 그대가 건네는 말은
꽃 피울 미세한 징조였던가

나무 아래서 겨울을 버틴
색바랜 플라스틱 바가지도
발효의 향기 쪽으로
슬금슬금 옮겨 앉는다

돋아난 촉 그게 꽃일 수도 있다고
먼저 필 꽃가지를 살핀다

나 눈치만 늘었다

겨울눈

가만히 열리는 몸 깊이 들어가
헛간 한 채 짓는다

냉랭한 길 한참을 걸어온 나
고된 발 차가운 가지 끝에 놓고
봄의 틈을 벌린다

운주사 달빛에
몸 와불처럼 눕혀놓고
입김 호호 불며
언 발 씻겨주던 매화 그녀

가닥가닥 머리카락
헛간 문 열고 나와
가만 내밀던 말간 이마

그 꽃, 그립다

봄, 관심

이른 아침 배달된 신문
툴툴 터는 냉기에서 꽃분 냄새 물씬하다

눈앞이 곧 화창한 봄일 테니 화장기 없던 그대
얼굴에 꽃점 하나 찍었다 해도
이해되지 못할 게 무어야

누군가를 기다리는 골목 초입의 사람
채 녹지 않은 시린 손 비벼대며
새벽 발치 물끄러미 내려다보는 벚나무 한 그루

세수 안 한 얼굴 보여주는 게 왠지 쑥스럽기만 해
여자는 꽃모자 푹 눌러 썼지만
잎샘바람의 시샘이 있기 전 저절로 길어진 손톱으로
아침을 낚아채고 있었겠다

햇살 들 때 기다리는 그대 마음도
이제 나 알 것 같다

웃자란 봄

터벅 순 자란 허브의 머리
모질다 싶게 깎아내도
꾸부정한 겨울을 펴는 입꼬리는 올라가고

남자머리 잘한다는 미장원에서
깡충 스타일 하고 온 내 머리를 두고
로즈마리향 짙은 아내는
건드리기만 해도 봄 내음 풀풀 날 것 같다 한다

퉁퉁 불은 벚꽃 가지가
응달 면한 꽃밭 구석을 찔러
여기저기 번지는 대상포진

더는 그냥 놔두었다간
바람난 허브를 보게 될까 봐
그만 저지르고만
다감한 겁탈

봄, 바이러스

꽃놀이도 파투 났다

뚝뚝 지는 동백에
제자리 못 잡는 몸살에 놀라
투둑투둑 성급했던 약속들 매화로 핀다

풍광 좋은 천년고찰 입구
난장행상 벌이자 해 놓고
오르는 끗발 놓칠세라 일동 기립하는
개나리, 진달래, 벚꽃들

추적추적 바이러스 섞인 비에
목련은 그렇게 추웠다

그대 없는 꽃놀이
꽃 없는 꽃밭이 되고부터
종일, 심심하다

진달래 배웅

이별하는 진달래꽃을 두고
소월처럼 시를 쓸까

꽃치마 연분홍으로 휘날려도
봄바람 근처에는 얼씬 않더니
어긋진 바람에
등 떠밀려 오른 봄날 관광

핏빛 터지는 꽃 앞에서 꾹꾹 눌러 참다가
소월 애인 즈려밟던 진달래를
안구건조증 눈물 마른 눈으로
이리저리 살핀다

수시로 꽃 피고 지는 이상 난동에
진분홍 가지 벌려 오만 사람 다 왔다 갔다 하는데
흔하디흔한 그깟 이별에
뭔 애가 터질까

새털 날 듯 날 떠나도 억한 심정 없을 테니
잘 가라 잘 가시라

뒤탈 없이 또 보내 드려오리다

18

연적戀敵

벼랑에 핀 꽃을 보면
왜 신라 노인이 생각나지?

올라가지 못할 나무는 쳐다보지도 말랬는데
높은 곳 힐끔힐끔 흘리는 왜 소프라노 생각이 나지?

내겐 숨겨둔 여자 따로 있는데
그녀 노랫가락은
잡은 손 암소 놓고 받자오란다

아서라! 살랑대는 꽃은
바람 편에 슬금슬금 내려다보며
흰머리 호리는 듯, 파란 바위 틈새
진달래로 모자라 나리꽃도 가두었다

늦은 오후에 이르러
더 붉어 보이는 소원바위 곁

벼랑 거기가
향 짙은 열반이다

자목련 편지

담 높아 건네지 못한 쪽지의 헛발질
맘 들킬까 싶어 그냥 삼켜 버린 적 있다

그대와 내가 바라보아야 할 꿈의 방식도
부딪히는 욕망이거나 들키지 않아야 할 눈빛
혹독한 겨울 지나야 꽃으로 피려나

가늘고 긴 손으로 내 허리를 감아챈들
그대는 늘 거기서 그대일 뿐
새파랗게 눈 뜬다고 달뜨는 귓불 어찌 식히랴

더는 숨기지 못하겠다고
밀거나 당기거나 우려먹으려는
내 꿈은 그런 자색의 꿈

폴짝폴짝 담장 지붕 너머로 솟구쳐 본다

밀려드는 허기
속까지 뒤집는 자목련 만개에
너를 향한 나는 불탄 속까지 드러낸다

20

안구건조증

뜨겁다, 배롱나무 여름 눈자위

어디, 긁지도 못하는
정분情分의 부작용이
눈물빛 안약으로 감당될까

철 따라 생기는 알레르기쯤은
하루 네 번 점안點眼으로 증상이 완화될 거라고
미소안과 여의사는 말했다

온종일 인공눈물 흘려 넣어도
여전히 눈은 마르고
장맛비 열흘에도 가라앉을 기미 없이

화끈한 두드러짐은
얼추 백 일, 올해도 돋았다 질 테지
물기 마른 속앓이에서

그대 뵙지 못해 가려움이 도진다

별빛 자리

넌 나비였을까, 바람이었을까

스텔라, 네 소식 들으러
별 카페에 간다

그리움까지 빨아 당기는
이 공간을 지나
네가 꿈꾸던 곳으로 들어가면
넌 아직도
싱싱한 빛을 뿜는 별

너 쉬어가던 자리에 앉아보면
가슴속 펄럭이며
길이 열린다

간간 흔들리는 별 하나를
만나기라도 한다면
그곳이 너 있는 별임을 알겠지

별의 흔적을 찾아
별 속으로 들어간다

물거품꽃

멀리 흘러온 파도가
땅끝에 와서
거품을 물었다

보이지 않는 바다 밑 구릉
여러 차례 넘느라
숨이 찼던 것이다

눈감고 파도를 보는 새는
철썩이는 소리만으로도
간밤 풍랑의 높이를 안다

알껍질 벗는 기도 속에서
사랑의 빛깔로 일어서는 눈앞의
당신 해변에서도
파도 소리 들린다

오래전 허물어진 모래탑 자리
거품꽃 입에 문 달랑게
기어가느라 바쁘다

유용한 그늘

39도 넘나드는 나를 식탁에 앉혀두고
아내는 한 숟가락 꿈 이야기를
내 입속에 밀어 넣는다

언제나 보폭 맞추어 걷자던 나에게
앞서 혼자 가는 게 지름길이란다

큰 도랑이 나오자 도술 부리듯 날아
없던 인파 뭉글뭉글 모여든 곳으로
당신은 나더러 먼저 가라 한다

베란다 아래 하얀 주차선을 내려다보면서
아침밥을 차렸다는 당신의 말

끙끙 신음 삼키는 것도
꿈 밖의 말귀도
내 체온계가 알아듣는다

아직은 두고 갈 때가 아니라고
억울한 듯 고열
뚝 떨어져 37.5도에 멎는다

풍경의 푸념

앵글에 풍경이 맞지 않는다면
풍경에게 자리를 옮기라 하죠

제멋대로 나다니는 나무들로
하늘은 일그러져 보이기도 하죠

앵글 속의 그녀
회오리의 손아귀를 벗어나려 하고
혼자 살아갈 자신도 없으면서
의연한 척하죠

찍는 나는 더 외로운 척하죠

만들고 싶은 하늘이 따로 있다는 건
억지스러운 구도 아닌가요?

그래도 구미에 맞지 않는다면
못마땅한 풍경인 나를 두고
공갈 셔터 누르면 그만이죠, 찰칵

비경의 문

밥 짓는 거 잘 보라고 한동안 닦달하더니
겨우 몸 추스른 아내
육아독립군 돕는다고 보름째 집을 비웠다

시래깃국 한 통 다 비우고
마른 밥 먹기 싫어 벌렁 누웠는데
대물림 자개장은 어느새 무릉도원이다

예사롭지 않은 천상 구름
소나무 묵은 가지 위 쌍학이 날개 펴고
용궁을 드나들며 목 내민 거북이
육해공을 망라한 버킷 리스트다

아무렴 굶기보단 외출이지
비경의 문을 열고 옷 꺼내는 찰나 걸려온 전화

며칠 더 있어야 되니, 난초 말고는 화초에 물 주고
반찬 없으면 찢어둔 마른 명태 양념 무쳐 먹으세요
마누라 먼저 가고 없더라도

홀아비 먹을 건 해결할 줄 알아야 해요

비경 안에는 외투가 있고
외투 안에는 냉랭한 겨울이 있고
정말 혼자되면 어쩔 거냐고
뿔 다 자란 사슴이 펄쩍 뛴다

소확행

지상철 타고
서문시장역에 내려
잔멸치 한 포에 미역귀 얼른 사고

아내는, 숨 가쁜 카드를
때맞춰 오는
836 버스에 갖다 댄다

정류장 앞 꽃집에서 낚아채듯 이천 원에 산 야생화 화
분. 운 좋은 환생인 양 추가 요금 없이 새 버스 갈아타고
집에 들어와 볕 잘 드는 창가에 둔 꽃. 이게 행복인 듯 아
내는 좋아 웃는다

꽃 다 지고
다시 꽃 필 때까지
몇 번을 들고 보고
놓고도 보고

오랜만의 동행, 삼십 분 만에 얻은 기쁨에
덩달아, 내 환승의 첫발도

가볍다

비풍회 일전

강호江湖를 주름잡는 날쌘 바람인지
바람 따라 펼치는 무림武林의 별명인지
사발통문 하나에 일사불란 출현하는
비풍회鼻風會 자객들

썬캡 투구 눌러 쓰고
햇볕도 못 알아보게 오징어 복면하고
풀무질로 벼린 스틱 두 자루 배낭에 꿰고
마지막 무장은 휘날리는 머플러

짐작대로 사발통문이 떴나 보다
어디로 출정하느냐는 내 물음을
산중회합 있다고 한마디로 매조진다

더 많은 걸 알려 하면 다칠 거라고
어깨 잔뜩 움츠려 놓고 아내는 드디어
한껏 바람 들어간 콧구멍이다

새로운 검법 완성되는 날 돌아오겠다고

허튼짓 하지 말라는 경고 남기고
사라지는 몸짓 날쌔다

오늘은 스트레스 검법을 익히는 날
단칼에 베어낸 앞산 달비골에
불겠다, 일진광풍

저녁의 매직이 궁금하다

혼인한 지 수십 년 만에 안 하던 짓거리 한번 해 봤다

잃은 점수 따는 덴 꽃 선물이 제일이라는 연속극 대사
같은 그 말에 홀려 안개꽃에 둘러싸인 붉은 장미 한 다발
샀다. 꽃집 여자에게 빈 리본만 예쁘게 묶어 달랬다

밉상 짓 일거에 만회할 섣부르지 않을 문구
집으로 가는 동안 어떤 말을 쓸까 고민하고 싶었거든

검정색 매직펜까지 바삐 사 들고 아내에게로 가는데 그
날은 신호등도 신중하게 껌뻑껌뻑. 주차장에 차 세우고
힘껏 짜낸 글귀는 꼼꼼한 점검이 필요했다

고백성 발언을 하기엔 협소하지만 운전대에 걸쳐 놓은
리본 위에
눈비 견딘 아내의 투덜거림 뚝 멈출 글귀를 쓴다

    "고 잘"
     마   할
    워,   게,
     사   진
     랑   짜
  "해   로"

두 쪽 리본 위에 돋는 간지러움은
제법 의연해 보였는데
꽃 들고 들어서는 현관문 앞에서
흘기는 눈길에 와르르 무너지는 희고 붉은 꽃다발

꽃보다 봉투!

즐거운 부활

헌 블라우스에 매달렸던 반짝이 단추
내버리지 않고, 아내는
여름샌들 양쪽 발등에
옮겨 달았다

밋밋하던 샌들이 엷게 웃는다

철마다 낡아서 볼품없는 나는
무얼 떼어 건네주면
또 다른 몫의 빛살이 될 수 있을까

줄줄이 양쪽에 늘어선
길가 나무들 사이로
씽씽 내딛는 아내의 발걸음은
날마다 반짝이는 부활

남은 내 푸른 발자국들도
뻥 뚫린 누군가의 가슴
성큼성큼 다가가
잠시 쉬어갈 의자라도 되고 싶다

2

허명

선운사 뒤뜰에 두고 온 동백
떠올리며 걷다가
풍천에 풍덩!

풍천에는 장어가 최고라고 소문났지만
이게 말짱 거짓이라고
여행길 가이드는 말했다

바람에 일렁이던 명성은 사라지고
장어 빠져나간 식당마다
비린내 풍기는 손들이 득실

사람이고 장어고
빈 알맹이에 덕지덕지 떡칠한 이름
요즘 세상 어디 한둘이랴지

멀리 볼 것 뭐 있나
입술 붉은 애인 많다는 소문만 무성한
날 보면 알지

꿈보다 해몽

어깨띠 메고 자원봉사로 분주하던 여자
꿈 하나 들고 나를 찾아왔다

설거지 하는데
남편 밥그릇 새까맣게 변했다며
왜 그러냐고 물었다

아침밥은 제대로 차려줬냐 되물었더니
거룩한 사업하느라
밥상 졸업한 지 한참 되었다고

난데없는 나는 꿈 감별사
틈 잠시 들었다가 무슨 예언자처럼 목소리 낮게 깔고
거룩한 사업 다 좋은데
남편 밥 잘 챙겨주면
검은 녹 차츰차츰 녹을 거라 들려준 해몽

눈 흘기며 머뭇거리던 그녀
겁 질려 고개 떨군 저녁
어스름 해바라기 속으로 돌아갔다

이발

토막 나는 머리카락들
우수수 떨어진다

어떻게 깎을까? 묻지도 않는데
한 달 치를 자르겠다고 한다

지나친 애착에
매달리지 않는 이상
한 달의 길이는 일 센티미터

가위 든 그대, 알고 있었나
잘린 머리카락만큼
남은 시간 줄어들었다는 걸

검은 한 달이 죽어 나간 만큼
흰 바닥은
반경을 넓혀가고 있다

수선

닳은 신발 굽 뒤집어 보고
번갈아 내 얼굴도 봅니다

두 짝의 신발 모두 바깥이 닳아 있어
한참을 더 봅니다

안짱다리는 아닌 것 같은데
지나온 길 울퉁불퉁했냐고
묻고 싶어 합니다

닳은 바닥 말없이 어루만져 줍니다

편파성 내 버릇에 덧씌운 그의 연장들이
새로 깐 아스팔트 길을 열어 줍니다

삐뚤어진 발이 수선 중입니다

깊어진 믿음에 접착제 발라
신도 발도 고칩니다

발도 신을 고칠 수 있겠습니다

길 안의 만다라

돌산 모퉁이에서
목숨을 내기로 걸고
그가 물었다

아침에는 네 발
낮에는 두 발
저녁엔 세 발로 걷는 게 무어냐?

도대체 그게 무엇인지

수많은 나그네들
제 모습 풀어내지 못하고
무명의 올가미에 걸렸다

죽기를 각오하고
꽃동산 들어가는 길 가다 보면
그가 물을 것이다

너를 아느냐?

풍번문답風幡問答

길 가는 세 사내와 낡은 배를 탄다

흔들리는 바람과 흔들리는 깃발이 있어
갑판엔 의뭉스런 공상空想들로 가득했다

흔들리는 뭍의 갈대숲에 닿기까지
깃발은 깃발로 돌아가고, 바람은 바람으로 돌아가고
남은 살얼음에 명치끝이 쓰리다

시시때때 변심하는 강바닥 돌들 때문에
물살인 나 흔들리지 않으려 해도
구름의 욕지거리에 흔들리는 삿대질

귀 틀어막는 오밤중에 밥그릇 챙겨들고
구멍 난 배 밑바닥 차오르는
구설수 퍼내기에 몸이 바쁘다

지극한 경지

영험한 부처 있다기에 사성암四聖庵 깎아지른 절벽 바삐 오른다

원효元曉의 손톱으로 새긴 득도의 길
비탈지다

가는 목 흔들거리며 허적허적 닿았는데 바위벽에 박힌 부처 가출을 하셨는지, 두벌 출가하셨는지, 주차장 앞에는 검버섯 듬성듬성 부처 없는 바위벽만 굳건하다. 아니지, 몹쓸 업보 내 눈 가려 있는 부처 제대로 못 보는 게지. 아뿔싸, 얼른 참회하고 눈불 밝혀 없는 부처 찾으니, 과연 부처 보이누나

절벽 타는 겨울 담쟁이 굵은 줄기 옆으로 둥그레 머리 형상 그 아래 어슴푸레 인자한 눈매 더 아래 도톰한 볼과 후덕한 턱선. 함께 간 한 중생은 아직도 부처 못 봐 눈 껌뻑거리는데, 법열法悅에 들뜬 나, 보세요, 저기 희미하게 계시잖아요. 감춘 듯 은근한 머리 뒤 광배며, 끊어질 듯 이어지는 은은 미소 입매하며… 그 중생 덩달아 그러네,

부처 맞네, 부처 맞네!

 부처님은요 맨 꼭대기 전각 바위 안에 있는데요
 지금은 수리 중이라 볼 수 없네요

 먼지투성이 인부 멀찍이 던지는 말에
 일체유심조一切唯心造라 일체유심조라
 없는 부처 내 만나 보았으니

 일순간, 홀연히 사라지는 손톱자국들

부처 되어주기

꽃창포처럼 말갛게 씻긴 몸 바꾸어가며 서로의 부처가 되어주는 자리

내가 뭐길래, 저이가 날 보고 절을 하나. 마주 보고 앉은 부처는 끝내 눈물범벅이다

땀범벅 무릎 더 낮출수록, 쳐든 머리 더욱 조아릴수록 처음 만난 그가 거듭 올리는 절에 눈앞의 산천 희한하게 맑아진다

절을 하고, 또 절을 받으며 찾아낸 자신. 껍질 벗은 나비는 무수한 꽃등 올라타고도 발이 저리다

갈지자로 걸어온 만행길이 꺼억 꺽 추풍낙엽 부둥켜안는다. 한 점 하늘 우러러 사느라 고생 많았다고, 꽃심지 돋우는 풀들

우화寓話에 머물다

흙탕물 수조 안에는 한해살이 되풀이할
겨울 유충이 꼬물거리고
졸고 있는 애꿎은 잠자리들
색바랜 풀대에 붙어 미동이 없다

탄생과 소멸 과정 한눈에 보여주며
우화羽化에 젖은 날개 마르기를 기다린다

마음껏 날아갈 하늘을 잃고 기획된 삶은
며칠을 살게 될지
얼마의 날갯짓 더 할 수 있을지

기억 끝을 손끝으로 더듬어가며
쪼그려 앉아 관찰하는 나는
날개 위 부글거리는 빛의 기포

짙었던 그늘 어떤 빛으로 채울까
아무리 과대평가해도 그렇지 못한 내 깜냥
그래서 나는 여기 머문다
한동안은 더

묵과 또는 과묵

어스름 들려 할 때
슬그머니 초록을 내려놓는
늙은 느티나무가
내게 바람의 길을 묻는다

나는 그의 목소리를 잊어버렸거나
수백 번 잊어버린 체했다

나무는 또 물어 온다
당신은 누구신가
늘 물어보면서도 처음인 것처럼

더 들려줄 말 없는 나는
말 없는 말인 것처럼
고개를 끄덕인다

묻는 자와 답하는 자
서로의 몸짓이
닮아가고 있다

그림자 얼굴

짙푸른 잎 짓이기던 수도원 담벼락 가로등은 나인 것
도 같고, 그분인 것도 같다

날마다 지나가는 같은 길인데, 아래로 내려오는 담쟁
이덩굴 보고도 보지 못했던 걸까

딱히 무엇을 구하러 가는 것도 아닌, 그냥 당신을 바라
보러 가는 길. 주름진 얼굴의 한 그림자 담벼락 벽화처럼
박혀 있다

굽은 지팡이에 둥그러진 모자 과거를 걸어두고 밤새
기다렸나!

발끝 머리끝 시려와도 궁금증도 어둠도 사라져 가는
미명 속 나 아닌 내가 그저 낮게 앉아서 형체뿐인 얼굴에
검정 눈썹 새겨 넣고 있다

오메가 포인트

사랑이 불타면 그가 태어날 거란다

만삭의 배를 타고 그가 인사를 건넨다

올려다보는 풀죽은 꿈의 기둥에게
이봐요, 별일 없으신가요?

해 나길 기다리다 눈먼 이들은
오금 저린 어둠이 내내 불안하다

군중은 식은 그루터기에 걸터앉아 몹시 지루하다

주저앉은 빛살 우지끈 일어서길 손꼽아 기다린다

불태울 등걸 다시 하나 잉태하려면
어둠 속 소동을 얼마나 더 벌여야 할까

머리 눕힐 거처 없이 태어날 미래의 성자는
아픔만 남을 사랑 접을까, 내려놓을까

감춰둔 꿈 태워보려고
점점 밝아지는 보랏빛 별
깜빡임으로 보내오는 먼 신호에
풀죽어 있던 내 꿈은 꼿꼿해진다

그림자 따돌리기

물 빠져나간 주름 지층에
달이 입김 불어대자
모래밭이 부풀어 오른다

땅끝까지 따라붙으려는 그를 피하려
나는 혼자여도 고독하지 않은 척
밤의 모서리인 줄도 모르고
섬으로 가는 배를 탔다

검은 돌멩이 닮아가는 조개 뼈들
울렁거리는 바다에서 토할지 말지 고민하다
무거운 등짐 내려놓고 싶었다

억척으로 따라붙던 그림자 떼어 놓고
타르시스에 닿을 때까지
그가 날 찾든 말든 낡은 배 밑창에 숨는다

풍랑 속 잠꼬대가 내 꿈 어지럽힐 때마다
더 깊이 잠입할 곳은

긴수염고래 캄캄한 뱃속

너무 어렵다, 망망대해에서 사랑을 건지는 일

펄펄 끓는 사흘 치의 어둠 내다 버리고
천년쯤 뒤 깨어날 꿈
다시 꾸어야겠다

프란치스코의 스프

버릇없이 굴다가 그분과 화해한 나는
기지개 터는 산수유나무 꽃에서 답을 얻는다

금식 사십 일의 남은 하루 앞두고
젊은 수도자를 바라보는 유혹, 시렁에 얹힌 굳은 빵은
이제 그만 되었지 않았냐고 물어온다

시퍼런 칼들은 여린 목 겨누었지만
무너진 계단 거스르지 못한 본성
남루한 성인은 내일 먹을 묽은 죽을 함께 먹어주었다

꽃들 철마다 피어났지만 가는 곳마다 텅 빈 그분 없는 쉼터
뱃멀미에 시달리며 떠돌던 그가 돌아왔으니
만나지 못한 사랑에 울 수밖에 없었다

허기진 배를 멀건 사랑으로 적시면
뱃속 깊은 곳에서 가만가만 뜨는 별
이제 그가 어느 곳에 머물려는지
궁금해하지 않아도 되겠다

돈오돈수頓悟頓修

불쑥불쑥 치받던 멍울
순식간에 삭히시는
아니 계신 데 없으신 분

태중 신앙 실비아 놓치기 싫어 자의 반 타의 반 억지 영세받은 친구, 다 못 살고 고개 떨군 아내의 부탁, 나 죽거든 깔멜 수도원에 연미사 넣어줘요. 수십 년 냉담에도 청개구리는 되기 싫어 마음에 없는 봉쇄의 문, 뽈난 손으로 쾅쾅 두드렸다. 원장수녀님! 그 사람 남은 석 달, 새벽마다 울고 있는 팔조령 고개 단숨에 넘어가며 하느님은 무슨 하느님? 검은 하늘에다 삿대질 쌍욕해대며 백팔배 절하러 절에 갔어요. 몹쓸 하느님보다 마음 붙일 데가 거기였거든요. 제 편하자고 그 사람에게 못 할 짓을 했나요?

아니어요, 분도님은 거기서 그분을 만난 거예요

샐비어 피자마자 온 누리가 여름이다

우연의 뜨락

꽃물 잘 들라고 빻아 넣은 백반이 솥바닥 쇳녹까지 벌
겋게 우려냈다

양지의 비탈 아래 서성이며 정직하게 피던 분홍색 꽃이
흰 무명천 위에 녹물과 함께 배어든 낭패. 버릴까 말까
망설이다 가만히 들여다보는데 거참, 신묘한 갈색이다

뒤섞이며 보채다가 마침내 어우러지는 형형색색의 인
연도 이렇게 우연인 듯 찾아들 오고

좋기만 한 것도 나쁘기만 한 것도 백반의 의중에는 애
초부터 있지도 않았다는 것을

꽃물 녹물 범벅의 솥에서 꺼낸 이름 없던 갈색천 그늘
에 널어 천천히 말린다

분홍의 꿈

까만 글씨로 적힌 종이봉투에 동글동글 씨앗들 담겨 있다

버릇처럼 손이 갔던 그때 그 자리, 따 모은 연도와 장소를 옮기면 어제를 닮은 오늘의 꽃 다시 피울 수 있을까

별이 되고 싶었던 푸념의 하루마다 울고 싶던 찬 이슬의 시간들

한 곳에 녹아야 한 알로 남을 수 있다는 순수한 결실의 법칙, 그 입구를 연다

여문 씨 한 알 또 태어나고 떠나는 것은, 모였다 흩어진 인연들이 남긴 꿈

잠시 피었다 지고 마는 날, 씁쓸한 저녁은 또다시 찾아와 남기는 것은 오직 햇살씨앗

꽃잎 시들어가는 분홍자리 도사린 꿈 잠결에도 동글동글 만져진다

마늘쫑 뽑기

미세먼지 없는 날
두류봉 꼭대기에 올라 도시를 본다

하늘 향해 마구 솟구친 빌딩들
마늘쫑 뽑듯 당겨내면
지하의 삶들 토실토실 굵어질까

겉보기는 낮게, 속 보기는 깊게
허망한 손짓보다 땅심으로 살라는
아버지 말씀 들린다

매콤한 맛 뒤에 따라오는
아릿한 맛에도 찡그리지 않는
숨은 고수의 말씀들

헐렁해야 할 공중도 이제
꼭꼭 곱씹어 본다

3

3월 사문진

집으로 돌아가야 할 때를 알려주려고
물속 발 담근 비탈이 거기 있다

그 자리 그대로 머물겠다는 철새에게
언제 떠날 건지 강물은 쉼 없이 물어도
하늘은 어김없이 저물어 간다

그럼 너는 어떡할 건데?

무관심의 수초를 흔들던 강물은
나에게도 물음을 던진다

서 있는 게 맞는지, 흐르는 게 맞는지
눈 맑은 하느님 알려주지 않는 걸 보니
강물의 말 따르라는가 보다

날개가 없어서 날지 못하는 나는
살점 부서지는 2월의 억새밭

잦아지던 바람을 초록 입술로 불러
풀피리 꺼내 문다

득음得音

목젖까지 추워져야
쩡쩡 울던 강

반 마장 거리
놀란 말 울음소리
들린다

꿈속 목련은
눈물 마르지 않던
어머니 옷고름

빨랫줄에 매달린
나의 겨울이
더디게 마르고 있다

광화문

장미 한 송이가 쓰레기통에
빨간 머리 처박고 있다

사흘마다 일 센티씩 줄기 밑 잘라주면
한참 더 간다는 장미

꽃병에 담긴 물은 그냥 남아 있는데
덜 살고 시들었다

장미는 줄어드는 키가
끔찍이도 싫었나 보다

꽃 빠져나간 함정은 아우성인데
가위는 멀뚱멀뚱
통 속의 장미를 쳐다보고 있다

루왁

발효를 거친 배설 커피는
볕 잘 드는 날 마셔야
제격이라고?

사나흘 철망을 긁거나
연거푸 해댄 트림이 향기로 남았다

자폐의 인터벌interval이 촘촘한 창살을 움켜잡듯
유리창에 내린 우기雨氣의 우울함도
부글부글 우려내어
향기로 그득해지는 잔

굴곡진 창자 속으로 욱여넣은 커피콩
밖으로 밀려 나올 때까지
고양이는 섬뜩섬뜩 아팠을 것이다

바라볼 수 없는 자유가
야생의 눈동자
슬프게 그을려 놓았다

가시꽃

높은 곳에서 핀 꽃들은 겸손을 잘 모르나 보다

기억의 발등에 뜨겁게 옮겨붙는다. 가시 박힌 편안을 기다리던 당신 떠날 때 남긴 울음은 속절없이 바스라졌다. 오늘을 여쭈어볼 잎사귀가 없으므로, 오늘을 쓰다듬어 줄 줄기가 없으므로, 다시 일으켜 세우는 구부정한 등

다듬는다. 내 어긋났던 시선들도 정갈하게, 한시적인 것들은 영원을 모르기에 엇나간 푸른 잎들 닦아주면서 한 줌 꺾어 온 경외의 시선으로 달래는 시름

물 채운 화병에 또 꽂아두고, 보이는 것보다 보이지 않는 것에 어서 오라는 손짓을 보낸다

신수를 엿보다

선녀보살집 앞에 서 있는 나무, 가시로 허공을 점령하려다가 몸살 뒤 잔기침 솟구친다

묵은 운세 빠져나간 우수의 자리, 쓸모없는 것들은 죄다 검다고 움츠린다

그림자 쓸고 또 쓸다가 엄나무는 근육통 목에 둘렀던 머플러를 조금 일찍 풀었을 뿐인데, 끙끙 고열이다

어쭙잖은 지식은 가시에 걸린 비닐봉지, 지혜의 배경에서 옷자락처럼 펄럭인다

나 오래 무겁도록 안고 살았던 책들을 책장에서 비웠다며, 부레 부푼 물고기처럼 가벼워졌다

머리에 찬 것까지 다 비웠더니, 허전해진 건 가슴이다

불어오는 봄바람 때문에 다시 잎들 바꾸어 거는 나무가 된다

고택 음악회

살고 싶은 하루살이 떼
조명 따라 춤춘다

속삭대며 꿈을 건드리는 오페라 속 유령처럼
미로에서 더 그리워지는
여가수 목소리는 윙윙거렸다

하루살이들에게 연장된 빛은
횡재일 수도 있어
격조야 있든 없든 들썩이는 기왓장

내 마지막 하루 또한
빛 얹은 날개로 비벼대고 싶었다

원 없는 삶, 묵은 습성 털어내고
흔들리는 조명 따라 출렁출렁
살고 싶었다

의혹

쿵쿵 발자국 찍어 놓은 암반
티라노사우루스 흔적 찾아가네

잔뜩 쌓인 불만에 입 터진 사람보다
천 가지 말을 더 하고 있는
눈 코 입 없는 미물들이 정겹네

먼지 속으로 사라진 꽃들
어두운 내 귓가를 걸어오네

붉은 돌기 분주한 거리마저도
헤쳐나갈 늪인 듯
입 닫고 가득 움켜쥐는 삿대

우짖는 까치의 말 알아듣지 못한
아침의 까닭으로
떼 지어 떠도는 바이러스들 비집고
나, 고성 바닷가로 가네

발을 빼다

개봉관 스크린 안에는
생계형 음모가 여전히 진행 중
어둠 틈타 아무도 눈치채지 못하게
틀의 억압에서 나는 발을 빼려 한다

밀어 넣기, 넣었다 빼기
티켓 끊어 관람석에 앉고 보니, 걸어온 길은
일용할 몫을 얻기 위한
고군분투였구나

신발이란 신발 어지간히 신어보았으니
더 이상은 무엇을 빙자해도
함부로 발 담그지 않을 거다

지나온 시절에서 고린내가 나건 말건
이제 조연이어도 충분한 나
발가락 사이로 들어오는 바람이 시원하다

이제야 실감하는 자유인

답답하던 신에게서 나 슬그머니 발 빼려는데
아서 왕은 칼집에서
엑스칼리버를 뽑는다

경계에서

  가야 할 길과 들어서지 말아야 할 길에, 수두룩 배 터진 벌레들이 금줄을 치고 있다

  느려서 밟히고 빨라서도 밟힌 주검이 산길 땅바닥에 남겨 놓은 압사의 푸른 흔적

  일부러 밟았거나, 모르고 밟았다 할지 모르지만, 모른 척 밟혀주었을 수도 있지만, 여하튼 등산화 모진 발자국엔 탈출 못 한 꿈의 잔해 선명하다

  뭉개진 몸의 비명이 걸어놓은 폴리스라인 앞에서 해거름 속 내 발걸음은 엉거주춤 더뎌진다

아홉 고개

절절한 사랑이든
구구한 변명이든
가을볕에 그을리면
초탈해진다

아홉이면
더 넘지 못할 고개
아홉이면
다 넘은 고개

왔다 가는 바람이려고
그런대로, 그런대로
아홉 마디 구절초 핀다

무르팍 퍼렇도록
끝물 울음
구겨 넣고

인수분해

외딴 바닷가 파도에게도
묵은 고민이 있다는 걸
알았다

그대 붉던 얼굴도
왔다가 사라지는 노을이라는 걸
알았다

때 되면 먹어야 하고
저물면 잠을 자야 하는
삶의 인수因數는 단순할수록 좋다는 걸
알았다

사랑이란 정식定式을 절망으로 분해해도
살아남아야 하는 것이 답일 뿐

단순한 바다에게도, 단순해진 나에게도
밀물의 저녁이 필요하다

노을 등진 갈매기가
허공을 풀어내는 문장
받아 적는다

반가半跏 자세

헝클어진 궁리 같은 아침놀을 연꽃 좌대에 얹어둔다

걸터앉은 변기도 벌겋게 달아오를 수 있을까

앉은자리 물줄기 끝을 더듬다가, 조여진 매듭을 자르다가 석순처럼 돋아나는 생각을 바라본다

생각은 해야 한다고 생각하며 생각한 것을 어디로 밀어낼까

웃자란 뿔 때문인지 정수리가 가렵다

반가의 자세로 앉힌 사유에선 번뇌도 선정禪定인데, 뭔 생각을 하든지 무슨 상관일까

몸을 지나 어떻게 흘러나올지를 이슬 맺힌 풀잎으로 들어가 턱 괸 채 기다린다

삐걱거리는 음모

추적추적 비 내리는 나무 아래
자르고 켠 생각을 짜 맞추면 의자가 된다

그리움이라 불리는 목수의 톱날은
지나친 길 되돌리는 채널이 된다

먼 길을 걸어온 사람이
잠시 앉았다 또 어디론가 떠날 때에도
맨 주먹질로 꽃가지에 닿는 채널

박힌 못들도 저마다 은밀히 꽃피우는 중이라고
나는 변명에 변명을 보태지만
감당할 수 없는 무게에 점점 작아져야만 했다

검버섯 둘러 쓴 한적한 길모퉁이
큰 꽃 하나 받들어 앉히기 위해
기다림도 그렇게 묵묵히 견뎠다

구름 무게 낙엽 무게 눌려 와도

온몸을 아지랑이가 더듬고 가도
풀의 음모 눌러 밟아줄 한 덩이 구름을
톱날 같은 산의 이마 위에 얹는다

거기 누구 없소

친근하게 다가오는 어둠 속에서
박쥐처럼 거꾸로 매달려 본다

접었다 펴는 허세의 날개에
숨 막혀오는 번잡한 대낮의 거리

날아다닐 생각은 그만 접어두고
눈 감고 청력은 최대한 키운다

웅크린 무리가 뿜어내는 숨소리 가운데서
정곡에 닿은 그의 목소리를 읽는 것은
박쥐의 감각이어야 가능했다

돌아오는 길 잃지 않으려면
어둠을 보는 눈이 필요했던 것처럼
배고픔 더는 견디기 힘든 나흘째
또옥 똑 떨어지는 물방울에서
그의 목소리는 모스 부호가 된다

예
민
해
져
야
지

끝을 보여주지 않는 동굴
위, 아래 맞닿을
종유석 키우고 있다

추상하다
- 김환기의 방식으로

전시실 수직 벽 앞에서 무슨 설명이 필요하겠냐고
사는 일이 다 고뇌의 걸음이라고

비틀어진 사각들이 비틀거린다

별의 그늘에 우울을 섞어 넣거나
문득 배고픈 듯 무수한 네모 속에 화가는
왜 푸른 점을 찍어 놓았을까

난해해진 현실을 걷어내기 위해선 반벙어리 막힌 가슴
비워낼
소통의 바닥이 얼마쯤 필요했겠다

전시장 회칠의 벽은 절반의 분홍
거리를 조절하는 별도의 이야기가 뭔 소용이냐고
번지듯 스미듯 변죽을 울린다

이상을 꿈꾸다 이상해진 구도여도
환희와 환멸 다 우려냈겠다

속도가 느껴지는 추상의 붓질은
순간을 순간 속에 함몰시키며 벽은 벽인 채 그대로 두고
일그러졌다가도 다시 일어서는 빛

비몽非夢

정말로 가야 할 데가 있는 것 같아서
해진 신발 손에 들고 걸어갔다

더 이상 무작정 못 걷겠다 싶을 때
버스 기다리는 사람들을 보았다

사람들은 두고 온 것들을 생각한다고 했다

흙먼지 날리는 돌부리 길이었다가
잡풀 우거진 좁고 긴 가시밭길이었다가

신발을 사야겠는데 파는 곳이 없다
한참을 더 갔지만
나는 여전히 그 자리에 있고
사람들도 여전히 버스를 기다리고 있다

두고 온 것도, 가져온 것도
기껏 꿈 아닌 꿈 하나

땡그렁, 그런 꿈 밖에 나와서도
맨발인 나는 고도古都 길가에
눈코 닳은 미륵불로 서 있었다

따뜻한 관망

멀쩡한 까마귀 한 마리. 아스팔트 길 위에 쪼그리고 앉아 뭘 뜯어 물고서 주둥이 흔들어댄다

차창 밖 저기 뭉개져 납작해진 일차선 덕지덕지 시커먼 살점, 거기에도 먹을 게 있나 보다

사거리 앞 늘어선 자동차는 때맞춰 떨어지는 붉고 푸른 신호 따라 가고 멎고, 또 가고 멎고

바닥에 눌어붙은 떨어지지 않는 먹이를 갸우뚱 까마귀는 깨어진 부리로 석공처럼 바닥을 쪼고 있다

달려온 차를 피해 날아오르다 되돌아와 다시 내려앉는 그 자리 푸드덕 까마귀는 고달프고, 바라보는 나도 애달 프다

트레킹

길 나섰던 사람들
아픔도 사랑도 제각각이다

같은 길을 걸으면서도
다른 길을 걸었다 말하는 사람들
어찌 서로 닮은 색으로
길 위에서 물들어가는지

세천에서 서재로 난 길
사문진에서 강정으로 돌아가는 길
서로 각자의 길을 걸어도
오르막 내리막은 언제나
울렁증

휘어진 강폭이나 완곡해진 기슭이나
떼어 놓는 발끝은 달라도
궤적의 끝은
노을 쪽으로 들고 있다

4

시집살이

여름 늦게야 시집을 보냈는데
예쁘게 잘 길렀다는 인사 전화가
겨울 막바지에 왔다

누구 하나 제대로 읽을 수 있을까
보고도 눈감은 그늘 속 저 매미는
소박맞지 않은 게 다행이다 싶었다

맵짠 솜씨, 날리는 집 규수들도
환영 못 받는 날쌘 세태에
부족을 받아준 도타운 마음 감사하다 그랬더니
날리는 솜씨라고 더 좋은 것도 아니라며
그거야 그 뜨락 디뎌보지 못한 난독이 아니겠냐고 한다

살아온 내력에 눈매 살아 있어서
흡족하다는 전화가 걸려오기까지
한 계절이 후딱 지나갔다

속 들여다보는 집안에다

시집을 보냈으니
편편이 담긴 못난 이력 다 들킬 것 같아
겁이 났다, 덜컥 공감할까 봐

이를 어쩌나, 무서운 시댁이다

횡단보도 앞

넘어가도 좋다는 빗금 신호에 기댄다

침대의 시간을 즐기고 있다

빨간불이 길었으면 좋겠어요
조금이라도 더 머물기 바래요

빗물은 여전히 분주하게 흘러간다

위험한 듯하지만 여기는 안전지대
짧은 시간일수록 눈빛 농도는 짙어져서
빗물은 각자 걸어오느라 뭉친 어깨다

주물러 펼 핑계로 살피는 허공
손 내밀 듯 켜지는 초록 불빛

지나고 보니, 우리는 만나기 위해 기다린 시간보다
헤어지기 위해 버린 시간이
서로에게 많았던 것

늦었다고들 하지만
붉은 불이 오기 전에 야윈 볼 만질 수 있어
횡단보도 남은 시간 육십 초
행복하다

비 지나가기를 기다리는
횡단보도 앞에서

옴팡집

집이 사람을 이기면 못 쓴다면서
단출한 몸매 어머니는
지붕 낮은 집을 선호하셨다

건사할 일들이 체중을 넘어서면
못된 뽈이 숨통을 막아선다며
넝쿨손 화초들을 키우셨다

민들레는 민들레 몸에 맞게
오소리는 오소리 몸에 맞게
땅과 공중에 파는 토굴
밑돌만큼은 튼튼한 집으로 옮기셨다

낡은 소쿠리 구멍 헝겊으로 덧댄 듯
알뜰살뜰 작은 집에
우리 집 화초들은 봄 햇살처럼 살았다

이 빠진 사기그릇도 제 행세하던
겉보다 속이 넓던
소쿠리 터 그 옴팡집

수밀도 水蜜桃

흠진 복숭아 골라 담아둔 낡은 소쿠리
요양병원 침대 같다

탐스러웠던 붉은 볼들
인연의 마지막 관문을 어떻게 통과할는지
곰삭은 살 냄새가 알려준다

제대로 간수 못 한 딜레마에
나는 어제의 과일 다 팔지 못한다

물러진 복숭아를 다른 소쿠리에 골라 담다가
묵주 든 어머니가 만져졌다

물컹한 과육이 뻣뻣한 손가락을
와락 움켜쥔다

허술한 골밀도 안에 씨앗
푸른 싹이 보인다

맷돌시계

말문 모처럼 터진 어머니가
머리에 바글바글 이 끓는다며
참빗 하나 사 오라 하신다

요즘 세상에 이는 무슨 이?

한번 패인 자국은
덮어도 또 덮어도 비만 오면 드러나고
깔방이 하나 없는 시대에
산전수전 가라앉기만 한 어머니의 맷돌
이제 들들 돌아가는지

어머니는 여태껏
머릿속 벌레를 잡으신다 하고
이제 와서 잡화점에도 팔지 않는 참빗
무슨 수로 살까

가려움 긁는 내 손가락 끝은
오른쪽으로만 돌려온 맷돌 손잡이

얼마나 왼쪽으로 되돌리면
주르르 흘러내릴까, 케케묵은 곡물 반죽들

기억 멈춘 어머니의 머릿속을 돌린다

정류장에서

승객을 태웠거나 혹은 태우러 가거나
버스를 기다리는 구순의 어머니처럼
저녁 버스는 고되다

벌써 떠났다는데 기다리는 차는 아직 오지 않고
부러진 마음 고정시켜 둔 철핀에서
비탈진 허리를 세워주는 묵주

야아, 벌려 놓은 일 그냥 두고 어디 갔노
집에 가야 되는데 신은 가져왔냐 하시는 어머니
요즈음 밤마다 목재를 들여 새집을 짓는 중이신가 보다

사월, 시월 분간 못 하는
머릿속 청매미 자꾸 날리신다

더 늦게 차가 왔으면 좋겠다고
한 구간 한 구간 묵주의 간격을 벌리는 어머니와 손잡고
버스를 기다리는 나는
멈칫한다, 저 집 다 지을 때까지

크고 작은 바퀴자국 뚝뚝 긋는 흰 차선

돌미나리

두벌자식 갓 난 요람이나
요양병원 어머니 침대나
박힌 돌인 나를
아침저녁으로 흔든다

운모 섞인 바닥에서
돌미나리는 쑥쑥 자라고

시작과 끝이 한 몸인 나
아무도 몰래 울컥할 때가 점점 많아졌다

갈 때나 올 때나
향기는 아릿하게 번졌다

꿇린 눈물의 무릎이
온통 파랗도록

만추晩秋

여장 꾸리러 가자고
희망요양병원 뜰에 가을비가 와도
힘 빠진 어머니 다리는 성큼성큼
걸을 수 없다

삼층장 옷 정리는 누가 해 주나
신발 찾는 어머니는
걱정이 태산이다

하느님이 다 해 주실 거라 했더니
직접 해야 될 일은
그러면 안 된다고

아주 오래전, 창호지에 말아둔 모시 두루마리 한 필이며
첫 손녀 결혼 때 받은 기명색 한복하며
하느님에게도 맡길 수 없는
어머니는 그 일을 하고 싶다

풀 먹여 둔 깨끼적삼도

접히지 않게 두어야 한다는데
길 나서는 어머니는
가야 할 집을 모른다

이별 바라보기

만나고 헤어지길 반복하다가
귀가 밝아졌다

낮 동안 하얀 신발을 준비하신 어머니가
함께 살아온 날이 긴
옛집 댓돌을 냉큼 다녀오신다

생각이 어렸을 때
조곤조곤 들려주는 묵은 밥솥 이야기도
나, 알아듣는 척한다

옷장 문을 열었다가 닫았다가
홑겹 꽃치마 또 꺼냈다가 넣었다가
어제는 칼로 쑤시는 추위라며 겨울 외투를 찾았다

저녁 아홉 시가 되자 참 빠른 어머니의 비행기는
허옇게 뚫린 출구 유심히 바라본다

건성인 듯, 심각한 듯

비행기를 함께 탄 나는 자다가 깬 남은 잠들을
어머니의 댓돌 위에 둔다

신고 가실 신발을 애타게 찾는
어머니 머리맡에
흰 고무신 한 켤레 놓아둔다

탈피를 위한 장치

희망요양병원 이층 두 번째 병동
눈길 조금 돌려 살피는 침상 모서리
티 못 벗은 나비들 모여 있다

발목을 잡으며 우우 돌아나던 풀
현실은 없다, 뽑을 필요도
맨머리 쳐드는 어둠 위해 분주할 필요도 없다

한 번 더 부활에 들 수 있는 거라고
주름 툭툭 건드려 보는 번데기
수천 킬로미터 날기 위해
설레는 꿈 가볍게 몇 번 더 꾸면 된다

적정온도가 유지되는 잠금장치 안에는
보이지 않는 길이 보일 때까지
새로운 우화가 진행 중

몸속 날개 굳어가는 여기서는
주름이 함축이자 스프링이다

살아온 거리 밖으로 튕겨져
새로운 둥지에 닿기 위한 어린 유리창
스며든 빛이 마지막 울음 날개를 말린다

구조 분석

머릿속을 최신 MRI로 촬영한다

오락가락 울 어머니 97%, 의심하며 믿는 하늘나라 76%, 큰 병치레 약해진 아내 65%, 고군분투 우리 애들 54%, 오래 묵은 밭뙈기 하나 43%, 쓸데없는 건강염려증 32%, 글 안 되는 늦글쓰기 21%

이 구석 저 구석 잠 떨친 한밤에 재촬영한다

며칠째 잠도 없이 가족 이름 부른다는 울 어머니 97%, 참말일까 하늘나라 75%, 아내 건강 제발 재발 없기를 64%, 오늘도 고군분투 우리 애들 53%, 어른거리는 눈앞 잡초 42%, 지레짐작 건강 이상 31%, 힘든데 그만둘까 20%

잊었다가 되살아나는 냉정한 현실이 보인다

집에 가자 조르시다 쪽잠 드신 울 어머니 97%, 믿어야 하는 하늘나라 15%, 제발 재발 없기를 14%, 내일도 고

군분투 13%, 그냥 두어야 하나 뭘 심어야 하나 12%, 막
연한 건강 염려 11%, 밀쳐두는 글쓰기 10%

　거듭거듭 이해와 타산을 재구성해도
　요양병원 이층 병실에서 피정 중인 어머니는 여전히
97%

등골

동산동 타월골목 모퉁이 포정식당에 갔었는데
뽀얀 접시에 토막 낸 등골이
안주로 나왔다

손가락 두어 마디 크기로 잘린 그것에서
자꾸 힘든 소의 얼굴이 보여
소주잔 어색하게 내려놓는다

전신에 만신에, 이노무 자슥들아
등골 고마 쫌 빼묵어라

막막한 하소연 일렁일렁
밑바닥 양심까지 들려왔다

산지사방 가득 차 있던 오만 적들이
여린 등골 쏙쏙 빼먹고 있었으니
혼자 된 하얀 어머니
그 불안 알지 못하던 내 등줄기 저릿해졌다

나조차 적이 되어 어머니 골수 빼먹었던 거다

마시는 못하는 술잔 위로
등 오그라든 흰 달
둥싯둥싯 걸어 나오신다

지워진 이름들

잉크 번진 수첩의 낱장마다
떠난 이름들 빼곡하다

하늘살이 떠난 사람
물 젖은 나뭇잎에 가려진 얼굴
이끼로 되돌아온 파란 이름

살갑던 자취들은 지금은 어디 있는지도 모른 채
바쁘게 해만 따라 돌고 있는 건 아닌지

그래봤자 묵은 먼지 쌓일 뿐인데
어제 내민 손들이 뒷목을 잡아당긴다

파악하기 어려운 간격의 이름들도
살아 있는 씨앗들도

정말 가벼워졌다 싶을 때
사라진 얼굴들 돌아온다고
남아 있는 자들이 훨훨 날리는 인연들

번진 잉크에 두 줄 붉게 그어지면
우리는 모두 홑씨가 되어
또 다른 곳에서 만날 수도 있겠다

호르몬결핍증후군 1

오래된 서랍 당겨내는데
잉크 마른 만년필이
모서리를 치고 있다

까맣게 잊고 있던 것들에게
왜 이제야 꺼내주느냐는 항변이다

목도장과 빳빳한 계약서
때 묻은 신협통장
덜 떨어진 희망, 기 빠진 통증에
닳아버린 심장 덜커덕거린다

이음새 뻑뻑하게 맞물린 문
꾸준히 자란 것일수록
꾸준히 갇혀 있다는 듯
내 안의 것들에게도
잔뜩 입김을 불어넣어 준다

그냥은 당겨지지 않아
탕탕 두드리는 주먹질

호르몬결핍증후군 2

버리지 못하고
묵직하게 쌓여 있는 속말들
서랍 안쪽
푸른곰팡이로 자리 잡았다

엿보는 시간의 틈에서
필요한 듯 남아
아직도 꿈꾸는 먼지의 날개

꽃까지 피우겠다고 안달이다

공중부양을 위해
결가부좌를 틀고 있던 말들
서랍 밖의 서랍이 되고서야
구름 손잡이를 당긴다

먼지가 되어 날아오른다

메멘토 모리 Memento mori

야, 너 살아 있었니?

네가 죽었다 해서 황망하고 놀랐다 가야산 계곡 물에
심장마비 일으켜 죽었다고 뉴스에 나오더라 나이도 이름
도 틀림없이 너더라

그래 내가 죽었구나 살아있다 여겼는데 나 몰래 사흘
동안 내가 죽어 있었구나 내가 죽었다고 동네방네 방송
까지 나왔구나

그러고 보니 나는 죽었구나 나는 살아 있어도 살아 있
는 게 아니었구나
지은 죄 이것저것 많다고 그래서 요놈 한번 죽어봐라
그랬구나 다시 죽으라고 죽었다가 다시 살아보라고 살
아있구나

살고 싶으냐 네가 살고 싶으냐
죽고 싶으냐 열심히 죽고 싶으냐

이팝나무 길손

강정보 물길 따라 걷던 네 사람
오늘은 한 사람이 없다

보이지 않던 흰 길을
저 먼저 보고 간 모양이다

남겨진 세 사람에겐
그가 걸어간 길
보이지 않는 것인가
보지 못하는 것인가

조금 더 있으면 내 눈에도 보일
그 보이지 않는 길
길은 사라진 것이지 없어진 것은 아닐 터

세 사람이 바라보는 강둑
늘어선 이팝나무에는
팔 걷은 가지마다 무수히
떠난 그의 웃음소리 걸렸다

지워진 길 너머가
흔들리는 흰 손길 같다

안심에서 명곡까지

아직 세 정거장 남겨둔 지하철 안
사람들 빠져나간 이제부턴
기척 없이 혼자다

곧 멈출 열차에 발 올리고
남은 걸음 늦추어가며 든 빈칸은
춥지 않아도 손이 시리다

더 이상 채울 수 없는 빈자리
하나둘 늘어나는 걸 보니
안심하며 올라 탄 지하철에서
서른두 개 역 중 스물아홉 개를
너무 쉽게 써 버린 것이다

심장 소리 철커덩 철커덩 곧 종점인 명곡
내릴 역 얼마 안 남았다 싶어 돌아보면
어느새 다가서는 설화역

마음 놓고 나온 세상

명을 다해 드는 계곡은 코앞인데
빛살 환한 그곳에 들기까지
뒤따라오는 저녁 어스름

어슬렁어슬렁 북극의 곰 한 마리
에스컬레이터는 발이 미끄러워
비탈진 마지막 계단을 오르고 있다

행복 선언

마른 꽃잎들 따라가다
책갈피 사이 삐죽 열린 작은 문을 만났어요

한 굽이 돌아서야 다음 길이 보이는 골목길
타닥타닥 마음대로 뛰어다녔지요

등 푸른 뱀들이 골목 사이를 헤집고 다닐 때
나는 달궈진 돌멩이에 빵을 굽고
기울어지는 탑 위에서 떨어지는 꿈을 꾸었지요

뿌연 불빛 번지는 도시
어질러진 길이 쟁여진 허상에서 일어날 무렵
잠 깬 새 한 마리
어느 날 들녘으로 푸드덕 달려가는 거예요

오래된 담 옆 하늘색 작은 문을 지나가다
마른 꽃이 다시 피는 꽃밭을 만났어요

지천에 널린 희고 노란 들꽃 귓가에
들려오는 바람 없는 한 점 고요가
흠씬 젖은 길을 일으켜 세워요

시적 발견이 빚은 비경, 그 속살 엿보기

박종현(시인)

1. 청량산의 비경, 홍준표 시인의 시에서 만나다

코로나19가 좀 수그러든 초여름 어느 날, 봉화군에 있는 명산인 청량산을 찾았다. 입석에서 '원효대사 구도의 길'을 걸어서 청량사 가까이에 있는 청량정사를 지나 연화봉을 비롯한 암봉들이 에워싸고 있는 청량사를 바라보니 마치 선계를 연상케 할 정도로 풍치가 빼어났다. 원효대사가 해골물을 마시고 깨달음을 얻은 3년 뒤 창건한 청량사, 원효대사의 구도 정신을 기리기 위해 조성한 '원효대사 구도의 길'과 퇴계 이황 선생이 후학 양성과 성리학을 연구하며 도산십이곡을 저술한 곳인 청량정사, 그리고 고운 최치원 선생, 명필가 김생 선생 등이 머물다 갈 정도로 선경仙境인 청량산 속살에서 유불선이 조화롭게 어우러진 세계를 만날 수 있었다.

그 뒷날, 홍준표 시인의 시집 원고를 받아보고 깜짝 놀랐다. 홍준표 시인의 시는 어느 한쪽으로 치우침 없이 다양한 세계를 담고 있으면서 조화로운 삶이 어우러진 시 세계가 마치 청량산의 아름다운 풍치를 보는 듯한 느낌 이 들었다. 정말 우연치고는 큰 우연이 아닐 수 없다.

홍준표 시인의 작품들 중, 다양한 체험을 바탕으로 하 여 쓴 시들이 성리학적 성향에 닿아있다면, 죽음과 재생 의 미학을 형상화시켜 놓은 작품들은 불교의 미륵세계와 천주교의 내세사상에 닿아있었다. 그리고 상상을 통해 사물에 대한 새로운 세계를 발견하여 시로 형상화한 작 품은 도교의 선仙과 닿아있었다.

〈청량산 육육봉을 아는 이 나와 백구白鷗/백구야 날 속이 랴 못 믿을 손 도화桃花로다./도화야 물 따라가지 마라 어주 재漁舟子 알까 하노라〉

　　　　　　　　　　　　　　　-퇴계 선생의 시조 '청량산가' 전문

퇴계 선생은 청량산 열두 봉우리의 아름다움이 바깥 세상에 알려질까 두려워 갈매기와 복사꽃에게 바깥세상 에 소문내지 말 것을 당부하며 퇴계 선생 혼자 청량산의 비경을 만끽하려 했다. 청량산의 속살을 본 사람이라면 퇴계 선생의 자연을 경외敬畏하는 마음에서 나온 역설逆 說에 공감할 것이라 생각한다.

조화로운 멋이 빚은 청량산의 비경을 홍준표 시인의 시에서도 만날 수 있었다. 그 비경祕境을 갈매기 울음과 복사꽃 향기를 빌려 온 세상에 알려지길 바라는 마음을 갖는 것은 홍준표 시인의 시의 비경에 대한 경외심의 발로임을 밝힌다.

2. 현실-체험을 바탕 삼아 직조한 시

홍준표 시인의 시는 현학적이지 않다. 담백하고 진실하다. 그렇다고 쉽게 바닥을 드러내 보인 시도 아니다. 녹음 짙은 초여름의 청량산처럼 푸르름이 우거져 있어 깊은 그늘과 두터운 바닥을 담고 있는 시들이 대부분이다. 이처럼 홍준표 시인의 시가 깊고 그윽한 것은 체험과 삶을 바탕으로 하여 직조했을 뿐만 아니라 사물을 바라보는 매우 독특한 시각에다 따뜻한 체온을 담아 놓고 있기 때문이다.

집이 사람을 이기면 못 쓴다면서
단출한 몸매 어머니는
지붕 낮은 집을 선호하셨다

건사할 일들이 체중을 넘어서면
못된 뿔이 숨통을 막아선다며
넝쿨손 화초들을 키우셨다

민들레는 민들레 몸에 맞게
오소리는 오소리 몸에 맞게
땅과 공중에 파는 토굴
밑돌만큼은 튼튼한 집으로 옮기셨다

낡은 소쿠리 구멍 헝겊으로 덧댄 듯
알뜰살뜰 작은 집에
우리 집 화초들은 봄 햇살처럼 살았다

이 빠진 사기그릇도 제 행세하던
겉보다 속이 넓던
소쿠리 터 그 옴팡집

　　　　　　　　　-시 「옴팡집」 전문

　'낡은 소쿠리 구멍 헝겊으로 덧댄' 옴팡집이지만 '이 빠진 사기그릇도 제 행세하던/겉보다 속이 넓'은 집이라고 지붕 낮은 집을 옹호하는 따뜻한 시선은 어머니와 옴팡집, 그 옴팡집에서 태어난 시인 자신에 대한 긍정과 사랑을 아름다운 옴팡집에다 담아 놓았기 때문에 가능했다. 지붕 낮고 작은 집의 숨통을 틔우기 위해 넝쿨손 화초를 키우고 그 화초가 봄햇살처럼 밝고 화사한 가정을 이루는 순간 그 옴팡집은 고층아파트보다 훨씬 높고 큰 집이 된다는 걸 시인은 알고 있었다. 세상에서 가장 아름다운 집으로 시인의 기억 속에 남아있는 이 옴팡집엔 어머니가 계셨기 때문에 가능했다. 아무리 하찮은 존재라 할지라도 제 이름을 내걸고 세상을 환하게 할 수 있었던 것도 어머니란 존재가 옴팡집에 실재했기 때문이다. 이처럼 홍준표 시인은 현학적인 언어의 부림 없이 삶의 체험을 담백하고 진실하게 표현해 놓음으로써 시의 격을 드높여 놓고 있다.

지상철 타고
서문시장역에 내려
잔멸치 한 포에 미역귀 얼른 사고

아내는, 숨 가쁜 카드를
때맞춰 오는
836 버스에 갖다 댄다

정류장 앞 꽃집에서 낚아채듯 이천 원에 산 야생화 화분. 운 좋은 환생인 양 추가 요금 없이 새 버스 갈아타고 집에 들어와 볕 잘 드는 창가에 둔 꽃. 이게 행복인 듯 아내는 좋아 웃는다

꽃 다 지고
다시 꽃 필 때까지
몇 번을 들고 보고
놓고도 보고

오랜만의 동행, 삼십 분 만에 얻은 기쁨에
덩달아, 내 환승의 첫발도

가볍다

―시 「소확행」 전문

오랜만에 아내와 동행한 시인은 아내의 알뜰한 삶의 모습을 보고 행복감을 느낀다. 부동산 투기를 해서 수억의 돈을 벌거나 복권에 당첨되어 큰돈을 번 것도 아닌데도 시인은 행복하다. 서문시장역에서 '잔멸치 한 포에 미역귀'를 사고 836 버스를 타고 내린 뒤 다시 정류장앞 꽃

집에서 '야생화 화분 이천 원'에 사서 추가 요금없이 환승을 하여 집에 온 아내, '볕 잘 드는 창가에 둔 꽃', '꽃 다지고 다시 꽃 필 때'까지 아내와 나, 그리고 시인의 가정은 꽃향기로 가득하다. 세상에 이런 행복을 또 어디서 만날 수 있을까? 지극히 사소하면서도 가장 확실하게 느낄 수 있는 행복찾기 비법을 홍준표 시인은 스스로 터득했을지도 모른다. 시인의 곁에 있는 모든 상황이나 사물, 그리고 시간을 '몇 번을 들고 보고/몇 번을 놓고도 보'는 정성과 사랑, 알뜰한 삶이 곧 행복에 닿는 지름길이란 걸 시인은 알고 있었던 것이다.

멀리 흘러온 파도가
땅 끝에 와서
거품을 물었다

보이지 않는 바다 밑 구릉
여러 차례 넘느라
숨이 찼던 것이다

눈감고 파도를 보는 새는
철썩이는 소리만으로도
간밤 풍랑의 높이를 안다

-시 「물거품꽃」 전반부

'보이지 않는 바다 밑 구릉/여러 차례 넘'어 마침내 닿은 땅과 바다의 경계에서 피운 물거품꽃, 시인은 자연 현상을 삶의 이치로 치환시켜 놓고 있다. 새들은 '철썩이는 소리만으로도/간밤 풍랑의 높이를 안'다고 한 표현은 체험과 시력詩歷이 어우러져야만 직조해 낼 수 있는 표현이다. 정말 쉽고 평범하게 표현하면서도 그 이면에 비범함의 세계가 담겨 있다는 점이 홍준표 시인의 시창작 메커니즘이 아닐까 하는 생각이 든다. 평이하지만 가볍지 않고, 쉽게 읽히면서도 두터움이 느껴지는 '물거품꽃'에서 만만찮은 시적 역량을 읽을 수 있다.

시인이 겪은 체험을 담백하면서도 진실하게 표현한 시가 화려하고 현학적으로 표현한 시보다 더 많은 공감을 얻을 수 있고 더 큰 감동을 줄 수 있다는 것을 홍준표 시인의 시를 통해 새삼 깨달았다.

3. 미래-죽음, 재생의 미학

'인간의 삶은 죽음을 향해가는 여정으로, 하루의 삶은 하루만큼의 죽음에 다가가는 것이다. 그렇기 때문에 오늘 하루는 우리에게 새롭게 주어진 귀중한 선물이라고 할 수 있다. 죽음이 인간의 삶을 성숙하게 만든다면 인간의 삶은 죽음을 아름답게 만들어야 한다.'라고 〈삶을 위한 죽음의 미학〉 저자인 이창복 교수는 말하고 있다. 이러한 죽음에 대한 성찰은 결국, 삶의 본질적 의미는 무엇인가? 우리는 어떻게 살아야 할 것인가? 하는 물음을 살아있는 모든 존재에게 건네는 것이라 할 수 있다. 철학의 시작이 거기에 닿아있듯이 시의 화두도 그 물음에 닿아있는지도 모른다.

헌 블라우스에 매달렸던 반짝이 단추
내버리지 않고, 아내는
여름샌들 양쪽 발등에
옮겨 달았다

밋밋하던 샌들이 엷게 웃는다

철마다 낡아서 볼품없는 나는
무얼 떼어 건네주면
또 다른 몫의 빛살이 될 수 있을까

줄줄이 양쪽에 늘어선
길가 나무들 사이로
씽씽 내딛는 아내의 발걸음은
날마다 반짝이는 부활

남은 내 푸른 발자국들도
뻥 뚫린 누군가의 가슴
성큼성큼 다가가
잠시 쉬어갈 의자라도 되고 싶다

-시 「즐거운 부활」 전문

시인의 아내는 '블라우스에 매달렸던 반짝이 단추'를
버리지 않고 '여름샌들 양쪽 발등'에 다시 달아놓자, '밋
밋하던 샌들이 엷게 웃'는 존재로 부활한다. 주검이었던 '
반짝이 단추'가 '날마다 반짝이는 부활'로 되살아난 것을
본 시인은 '남은 내 푸른 발자국들도/뻥 뚫린 누군가의
가슴'에 다가가 '잠시 쉬어갈 의자'로 부활하고 싶어한다.

버려질 뻔한 '반짝이 단추'가 날마다 반짝이는 부활인 '샌들의 미소'로 빛나는 '삶을 위한 죽음의 미학'으로 재생시키고 싶었을 것이다. 하나의 죽음이 죽음으로써 끝나는 것이 아니라 새로운 부활에 이르는 과정임을 밝히고 있는 홍준표 시인은 죽음의 본질적 의미와 어떻게 살아야 할 것인가에 대한 화두를 독자들에게 우회적으로 제시해 준 것이 아닐까 하는 생각이 든다.

> 발효를 거친 배설 커피는
> 볕 잘 드는 날 마셔야
> 제격이라고?
>
> 사나흘 철망을 긁거나
> 연거푸 해댄 트림이 향기로 남았다
>
> 자폐의 인터벌interval이 촘촘한 창살을 움켜잡듯
> 유리창에 내린 우기雨氣의 우울함도
> 부글부글 우려내어
> 향기로 그득해지는 잔
>
> 굴곡진 창자 속으로 우겨넣은 커피콩
> 밖으로 밀려 나올 때까지
> 고양이는 섬뜩섬뜩 아팠을 것이다
>
> 바라볼 수 없는 자유가
> 야생의 눈동자
> 슬프게 그을려 놓았다
>
> —시 「루왁」 전문

인도네시아 등에서 사향고양이가 먹은 커피열매가 고양이의 소화기관을 통과한 뒤 배설된 열매로 만드는 커피인 루왁, 위 속의 효소가 단백질을 분해함으로써 커피의 향미를 더해주고 쓴맛과 신맛이 적절하게 조화를 이루고 있어 커피 마니아들이 즐겨찾는 최고급 커피, 죽었다 되살아난 '발효를 거친 배설' 커피인 루왁이다. 요즘은 수익을 올리기 위해 사향고양이를 잡아 커피 열매를 억지로 먹여서 배설을 하게 한다고 하니 '굴곡진 창자 속으로 우겨넣은 커피콩/밖으로 밀려 나올 때까지/고양이는 섬뜩섬뜩 아팠을' 사향고양이를 떠올리며, 자연의 섭리에 순응하지 않고 탐욕만 좇는 인간을 향해 소유론적 접근이 아닌 존재론적 가치로 접근하길 슬프고 경건하게 경고하고 있다. '야생의 눈동자/슬프게 그을려'진 커피콩에서 나는 향기는 기쁘고 축복받은 부활이 아니라 탐욕이 배어있는 슬픈 부활이다. 커피콩과 사향고양이의 존엄이 짓밟힌 재생을 안타까워하는 시인의 마음이 시의 행간에 깔려있다.

죽음에서 재생에 이르는 과정이 인간의 이기심을 충족하기 위해 자연의 이치나 순리를 거슬렀을 경우, 그 결과는 쓴맛과 신맛이 조화를 이루지 못한 루왁으로 재생한다. 시인은 자연의 섭리를 따르지 않음으로써 생겨난 쓰고 슬픈 부활을 바로잡기 위해 자연의 섭리에 순행하는 질서와 과정을 소망했을 것이다. 어쩌면 소망을 넘어서 염원했을지도 모른다. 그것은 생명에 대한 경외심에서 나온 재생의 미학이다.

>가야 할 길과 들어서지 말아야 할 길에, 수두룩 배 터진
>벌레들이 금줄을 치고 있다

>느려서 밟히고 빨라서도 밟힌 주검이 산길 땅바닥에
>남겨 놓은 압사의 푸른 흔적

>일부러 밟았거나, 모르고 밟았다 할지 모르지만, 모른
>척 밟혀주었을 수도 있지만, 여하튼 등산화 모진 발자국엔
>탈출 못 한 꿈의 잔해 선명하다

>뭉개진 몸의 비명이 걸어놓은 폴리스라인 앞에서 해거
>름 속 내 발걸음은 엉거주춤 더뎌진다
>
>　　　　　　　　　　　　　　　　　　-시「경계에서」전문

　산길을 걸어본 사람은 안다. 그것도 해거름 무렵, 수많
은 등산객들의 미필적 고의에 의해 '수두룩 배 터진 벌레
들'이 쳐놓은 '금줄', 남은 종족만이라도 보존하기 위해
쳐놓은 금줄을 인간들은 '일부러 밟거나 모르고 밟'고 지
나간다. 자연을 소유론적으로 접근한 인간들은 지극히
당연한 행위라고 생각하겠지만, 자연을 존재론적 사고로
접근한 홍준표 시인의 눈에는 그 발걸음이 달라진다. '뭉
개진 몸의 비명이 걸어놓은/폴리스라인 앞'에서 시인의
발걸음은 '엉거주춤 더뎌'진다. 생명과 그 생명의 재생(종
족 보존을 위한 폴리스라인을 쳐놓은 행위)에 대한 경외

심을 드러낸 시인으로서의 거룩함을 엿볼 수 있어 감동
적이다.

> 시퍼런 칼들은 여린 목 겨누었지만
> 무너진 계단 거스르지 못한 본성
> 남루한 성인은 내일 먹을 묽은 죽을 함께 먹어주었다
> —시「프란치스코의 스프」의 일부분

> 먼지투성이 인부 멀찍이 던지는 말에
> 일체유심조一切唯心造라 일체유심조라
> 없는 부처 내 만나 보았으니

> 일순간, 홀연히 사라지는 손톱자국들
> —시「지극한 경지」일부분

아름다운 부활은 절대적인 존재의 힘에 의해 이루어지
는 것이 아니라, 아름다운 가치를 추구하는 시인에 의해
재생됨을 알 수 있다. 성 프란치스코가 '내일 먹을 묽은
죽을 함께 먹어주었'기 때문에 젊은 수도자는 재생할 수
있었고, 원효대사가 손톱으로 새긴 부처 대신 '일체유심
조라/없는 부처 내 만나 보'는 재생의 혜안도 시인의 마
음에 있었던 것이다.

4. 초월-시적 발견은 상상력의 산물이다

〈아프리카에는 놀라운 특성을 보여 주는 아카시아나
무들이 있다. 그 나무들은 영양이나 염소가 자신을 뜯어

먹으려 하면 제 수액의 화학적 성분을 독성으로 변화시킨다. 동물은 나무의 맛이 달라졌음을 깨닫고 다른 나무를 뜯어먹으러 간다. 그러면 이 아카시아나무는 즉각 냄새를 발산하여 근처의 다른 아카시아나무들에게 약탈자의 출현을 알린다. 몇 분 만에 그 주위의 아카시아나무들은 모두 동물들이 뜯어먹을 수 없는 것들이 되고 만다. 그러면 초식동물들은 어쩔 수 없이 그곳을 떠난다. 너무 멀리 떨어져 있는 탓에 경보 신호를 감지하지 못한 아카시아나무를 찾아가는 것이다.〉-베르나르 베르베르의〈상대적이며 절대적인 지식의 백과사전〉(열린 책들) 40쪽에서 가려뽑음-

식물학자들은 과학적 접근을 통해 식물의 의사소통을 알아내지만 시인은 상상을 통해 나무의 의사소통을 발견한다. 비록 그 상상이 과학적이지 못하다 할지라도 상상의 거푸집이 그럴듯하게 짜여져 시적 진실을 획득하게 되면 그 시는 하나의 온전한 시의 집을 이루는 것이다. 가장 비과학적인 문학적 상상이 어쩌면 과학적 증명보다 훨씬 논리적인 생명력을 갖게 되는 경우가 있다. 이것이 시적 발견이다. 홍준표 시인의 시 중, 과학적 접근을 초월한 시적 상상력에 의해 발견한 새로운 세계를 담아 놓은 상상의 거푸집들을 여럿 찾을 수 있다.

미세먼지 없는 날
두류봉 꼭대기에 올라 도시를 본다

하늘 향해 마구 솟구친 빌딩들
마늘종 뽑듯 당겨내면
지하의 삶들 토실토실 굵어질까

겉보기는 낮게, 속보기는 깊게
허망한 손짓보다 땅심으로 살라는
아버지 말씀 들린다

매콤한 맛 뒤에 따라오는
아릿한 맛에도 찡그리지 않는
숨은 고수의 말씀들

헐렁해야 할 공중도 이제
꼭꼭 곱씹어 본다

-시 「마늘종 뽑기」 전문

두류봉 꼭대기에 올라 바라본 도시는 온통 '하늘 향해
마구 솟구친 빌딩들'인 인간의 치솟은 욕망인 마늘종만
눈에 가득 들어왔다. 마늘종은 정작 자라야 할 마늘의 인
경鱗莖의 성장을 저해하는 존재이다. 자연에 가까운 삶,
생태적 삶과는 대립적 존재인 빌딩들을 마늘종으로 비유
한 표현은 정말 놀랍다. 솟아오른 빌딩과 마늘종의 형태
적 유사성에서 찾은 시적 발견이지만 참으로 놀라운 발
견이다. 그 솟아오른 빌딩을 '마늘종 뽑듯 당겨내'어 '지
하의 삶들 토실토실 굵어'지게 만들고, '겉보기는 낮게,
속보기는 깊게/허망한 손짓보다 땅심으로 살'아가길 소
망하는 생태적 삶을, 목소리는 낮고 의미는 깊게 표현해

놓은 능력이 예사롭지 않다. 이러한 생태적 삶을 희구하는 시인의 시적 발견은 과학적 접근을 초월하여 시적 상상에 의해서만 닿을 수 있는 비법이다.

희망요양병원 이층 두 번째 병동
눈길 조금 돌려 살피는 침상 모서리
티 못 벗은 나비들 모여 있다

발목을 잡으며 우우 돋아나던 풀
현실은 없다, 뽑을 필요도
맨머리 쳐드는 어둠 위해 분주할 필요도 없다

한 번 더 부활에 들 수 있는 거라고
주름 툭툭 건드려 보는 번데기
수천 킬로미터 날기 위해
설레는 꿈 가볍게 몇 번 더 꾸면 된다

적정온도가 유지되는 잠금장치 안에는
보이지 않는 길이 보일 때까지
새로운 우화가 진행 중

몸속 날개 굳어가는 여기서는
주름이 함축이자 스프링이다
살아온 거리 밖으로 튕겨져
새로운 둥지에 닿기 위한 어린 유리창
스며든 빛이 마지막 울음 날개를 말린다

-시「탈피를 위한 장치」전문

요양병원에 입원한 환자들, 삶의 여정이 끝날 때가 된 어르신들이 그 다음 세계와의 만남을 '보이지 않는 길이 보일 때까지/새로운 우화가 진행' 중이라고 표현한 것은 대단한 시적 발견이다. '적정온도가 유지되는 잠금장치 안' '몸속 날개 굳어가는' 요양병원 병실에서 '주름이 함축이자 스프링'인 어르신들이 '살아온 거리 밖으로 튕겨져/새로운 둥지에 닿기 위한 어린 유리창/스며든 빛이 마지막 울음 날개를 말리'는 공간, 변태變態하여 우화를 꿈꾸는 공간으로 표현한 홍준표 시인의 종교적 부활과 내세에 대한 상상은 이 시를 깊고 거룩하게 하는데 한 몫을 하고 있다. '티 못 벗은 나비'와 '발목을 잡으며 우우 돋아나던 풀'들도 모두 수천 킬로미터 서역만리 날기 위한 '설레는 꿈'으로 도약하기 위한 바탕으로 끌어놓고 있는 점 또한 이 시를 돋보이게 한 요소가 된다.

> 흠진 복숭아 골라 담아 둔 낡은 소쿠리
> 요양병원 침대 같다
>
> 탐스러웠던 붉은 볼들
> 인연의 마지막 관문을 어떻게 통과할는지
> 곰삭은 살 냄새가 알려준다
>
> 제대로 간수 못 한 딜레마에
> 나는 어제의 과일 다 팔지 못한다
>
> 물러진 복숭아를 다른 소쿠리에 골라 담다가
> 묵주 든 어머니가 만져졌다

물컹한 과육이 뻣뻣한 손가락을
와락 움켜쥔다

허술한 골밀도 안에 씨앗
푸른 싹이 보인다

-시「수밀도水蜜桃」전문

시 제목인 '수밀도水蜜桃'는 달짝지근하고 탐스럽게 생
긴 과일이어서 시인의 어머니께서 가장 좋아하는 과일일
거다. 그런 수밀도를 어머니와 동일시해 놓고 있다. 역설
적이게도 어머니의 남은 삶이 아름답고 평안하길 간절히
기원하고 있는 것인지도 모른다. '낡은 소쿠리'와 '요양병
원 침대', '흠진 복숭아'와 '묵주 든 어머니' 유사한 속성을
통한 시적 발견이 정말 탁월하다. 뿐만 아니라 시인 자신
과 어머니, 두 사람의 관계가 어떠했는지를 짐작하게 하
는 '물컹한 과육이 뻣뻣한 손가락을/와락 움켜쥔다'는 표
현에서 독자들로 하여금 한참 동안 시선을 머물게 한다.
그 머물게 함이 곧 감동이다. 홍준표 시인의 시는 독자들
의 공감을 끌어내는 묘한 매력을 지니고 있다. 시적 발견
과 더불어 독자를 끌어당기는 시의 매력 또한 상상력의
산물이다.

정답은 논리적 사고의 산물이고 오답은 상상력의 산물
이다. 적어도 시에서는 그렇다. 그 오답의 거푸집에다 시
적 진실을 획득한 것이 시적 발견이다. 홍준표 시인은 사

물과 상황, 자연현상에서 다양한 오답을 발견하는 탁월한 능력을 가졌다. 그 상상에 의해 찾아낸 발견을 시인은 청량산의 선계仙界처럼 조화롭게 어우러진 세계로 표현해 놓고 있다.

5. 질박함이 빚은 시의 비경

체험을 직조織造하여 쓴 시, 죽음과 재생의 미학이 스민 시, 상상을 통해 찾은 시적발견을 상상의 거푸집으로 설계한 시 등 홍준표 시인의 다양한 시 세계는 유불선이 어우러져 장관을 이룬 청량산의 속살만큼이나 아름다운 비경을 독자들에게 선사해 주고 있다. 봄꽃이나 가을 단풍으로 치장한 화려하고 현학적인 청량산의 외모를 닮은 것이 아니라, 초여름 녹음이 만든 그늘처럼 담백함과 질박함이 결 고운 아름다움을 빚어놓은 청량산 속살 같은 시들이다. 청량산의 그늘과 속살처럼 질박하고 다양한 비경을 담은 홍준표 시인의 시를 만나는 동안 깊고 그윽한 행복감에 젖어 있었다. 좋은 시를 읽을 수 있는 행운을 건네주신 홍준표 시인께 감사하다는 말씀을 드린다.